Die Shemale-Prinzessin

Impressum

© 2023 Aiden Kelly

Druck und Distribution im Auftrag der Autorin:

tredition GmbH, Heinz-Beusen-Stieg 5, 22926 Ahrensburg, Deutschland

Das Werk, einschließlich seiner Teile, ist urheberrechtlich geschützt. Für die Inhalte ist die Autorin verantwortlich. Jede Verwertung ist ohne ihre Zustimmung unzulässig. Die Publikation und Verbreitung erfolgen im Auftrag der Autorin, zu erreichen unter:

tredition GmbH, Abteilung "Impressumservice", Heinz-Beusen-Stieg 5, 22926 Ahrensburg, Deutschland.

Vorwort

Sehr verehrte Leser und Leserinnen,

vielen Dank für den Erwerb meines Buches.

Mein Name ist Aiden Kelly. Mit diesem Buch möchte ich Sie an meiner Lust und Sexualität teilhaben lassen.

Jedes meiner Bücher enthält eine erotische Geschichte. Diese entsprechen zum Teil meinem Leben, meinen realen Erlebnissen. Der Rest ist Kopfkino. Meine Geschichten sind daher eine Mischung aus Wünschen, Sehnsüchten, realen Abenteuern und Masturbationsfantasien.

Und nun zu mir: Ich wurde im Jahre 1982 in Dublin, im schönen Irland geboren. Seit meiner Kindheit schreibe ich Geschichten aller Art. Je älter ich wurde, umso stärker zog es mich zu erotischer Literatur hin. Bis heute habe ich weit mehr als 300 erotische Romane und Kurzgeschichten veröffentlicht. Bitte beachten Sie dabei, das Deutsch nicht meine Muttersprache ist. Gerade bei Redewendungen und im Satzbau, können gelegentlich Fehler liegen. Ich bitte Sie, mir diese zu verzeihen.

Ich hoffe, ich kann Ihnen mit meinen Fantasien und Erlebnissen eine kleine Freude bereiten und/oder Sie zu erotischen Taten inspirieren Um

das Lesen angenehmer zu gestalten schreibe
ich aus meiner eigenen Sicht.

Ihr Aiden

Die Shemale-Prinzessin

Es war Halloween-Wochenende. Eine Gruppe von Freunden aus der Heimat ist in der Stadt, um eine Halloween-Party zu feiern. In unserer Freundesgruppe waren drei Paare und zwei Alleinstehende, ich war einer der Alleinstehenden. Ich war wie ein Gefangener gekleidet, nichts Ausgefallenes, aber es gab einen Verkauf im Halloween-Laden.

Alle trafen sich bei mir zu Hause, damit die Mädchen sich fertigmachen und die Jungs ein paar Bier trinken konnten. Mein Name ist Bo, siebenundzwanzig Jahre alt, etwa 1,70 Meter groß und das ideale Gewicht für meine Größe. Dunkles zotteliges Haar mit nur ein bisschen Gesichtsbehaarung. In anständiger körperlicher Verfassung mit einem dünnen bis durchschnittlichen Körperbau und etwas Muskeldefinition.

Ich lebe derzeit in einer Universitätsstadt und habe es seit einigen Jahren. Es gibt viele Bars und Clubs in der Innenstadt, und es ist eine erlebnisreiche, unterhaltsame Stadt. Ich bin von einer kleinen Stadt auf der anderen Seite des Staates hierhergezogen, wo es nur Landwirtschaft und Viehzucht gibt und die Autofahrt in eine große Stadt stundenlang dauert.

Ich war immer gut darin, Mädchen zu bekommen, aber manchmal wurde mir gesagt, ich sei zu nett. Da ich aus einer kleinen Stadt komme, musste ich sie aber nicht kennen lernen. Ich hatte ein paar etwas ernsthafte Beziehungen, aber nichts Langfristiges, vor allem gab es viele zufällige Verbindungen. Jetzt war das Leben hier eine ganz andere Geschichte. Ich bin nicht der Beste, wenn es darum geht, mit neuen Mädchen ins Gespräch zu kommen, da ich ein bisschen schüchtern sein kann. Aber wenn ich sie erst einmal ein bisschen kennen gelernt habe oder sie mich ansprechen, bin ich gut, und ein bisschen Alkohol kann helfen.

Gegen 22 Uhr gingen wir in die Innenstadt und trafen uns wieder im Club. Es war schöngemacht, wir versammelten uns in einem Bereich neben der Tanzfläche mit Ledersofas und Stühlen. Es war noch nicht sehr viel los, denn die meisten Leute gehen nach

Mitternacht in die Tanzbars.

Wir amüsieren uns beim Trinken und hängen
ein wenig tanzend herum. Mit der Zeit füllte
sich der Club, und eine Gruppe von Asiaten
kam zum Tanzen in die Gegend, in der wir uns
befanden. Ich hatte schon immer eine
Schwäche für asiatische Mädchen, deshalb
bin ich aufgeregt. Sie bestanden aus fünf oder
sechs Mädchen und ein paar Jungs. Sie sind
alle sexy gekleidet, da war eine Gyspy mit
ihrem langen, leicht getönten, sexy Bauch zu
sehen. Eine römische Kriegerin, eine im
Grasrock und Kokosnuss-BH, sie alle sehen mit
ihren kleinen, straffen Körpern erstaunlich aus.
Sie hatten alle Absätze an und waren alle noch
kürzer als ich. Ich mochte schon immer kleine,

zierliche Mädchen.

Nachdem ich ein bisschen getanzt habe, brauche ich eine Pause, gehe auf die Toilette und dann in die Bar und trinke ein Bier. Als ich zurückkomme, gehen die Mädchen unserer Gruppe zum Fotoautomaten in der Ecke des Clubs. Ich setze mich und beginne, mein Bier zu trinken. Bald darauf kommt eines der asiatischen Mädchen, das als sexy Krankenschwester verkleidet ist, um in einen Spiegel in meiner Nähe zu schauen.

Sie ist nicht die schönste ihrer Freundinnen, aber sie sind alle sexy. Als sexy kleine Krankenschwester verkleidet, die sehr attraktiv ist, oder zumindest für mich, und das kleinste der Mädchen. Ihre Form und ihre Körpergröße sind perfekt für mich, da sie mit kleinen Absätzen ein paar Zentimeter kleiner zu sein scheint als ich. Netzstrümpfe und ein Röckchen sehen an ihr fantastisch aus. Als sie sich dem Spiegel nähert, betrachtet sie ihre schulterlangen schwarzen Locken im Spiegel. Sie hat ihr Haar ein wenig angepasst und dann ihr Oberteil angepasst, das ihre kleinen Titten zusammengedrückt hat.

Die Höhe des Spiegels war gerade hoch genug, dass sie nur ein wenig gesprungen war, um ihre Brust zu sehen. Ihre netten kleinen Titten hüpften ein wenig, als sie sie bei jedem Sprung anpasste. Ich bewundere sie, wenn sie ein paar Mal zu mir rüber blickt und lächelt. Einmal haben wir für den Bruchteil einer Sekunde die Augen geschlossen, bevor sie schüchtern weggeschaut hat. Nachdem sie mit ihrem Haar und ihrer Brust zufrieden war, sah sie mich wieder an und lächelte.

"Oh, ich bin klein", sagte sie kichernd, während sie sich mir näherte. "Hey, sexy Gefangene, ich heiße Mya,"

"Mya, ich bin Bo", antworte ich. "Ich muss sagen, du siehst toll aus."

Sie fragte, ob sie ein Foto mit mir machen könne und dass ich ihr Gefangener sei. Sie zog an meinen Haaren und hielt mir das Schwert ihrer Freundin an den Hals, während ihre

Freundin ein paar Bilder schoss. Wir
unterhielten uns ein wenig, und sie fing an, auf
mir zu tanzen, während ich dort saß. Meine
Gedanken spielen verrückt vor dem Wunsch,
meine asiatische Fantasie mit diesem schönen
Mädchen zu erfüllen. Ich beschließe,
aufzustehen, und wir gehen auf die Tanzfläche.

Die Mädchen in unserer Gruppe kamen
ungefähr zu dieser Zeit zurück. Inzwischen ist
der Club voll, und alle sind betrunken und
tanzen. Lustige Party und gutes Halloween bis
jetzt. Als wir alle tanzen, vermischen sich
unsere Gruppen, und ich finde heraus, dass sie
zweiundzwanzig ist und einer der Jungs ihr
Bruder ist und eines der Mädchen seine
Freundin war. Die anderen
Mädchen dort waren seine Freundinnen, so

dass sie nicht die gleiche Bindung zu ihrer Gruppe hatte.

Es näherte sich dem letzten Aufruf, und bis zu diesem Zeitpunkt war es lustig und flirtend, zwischen uns zu tanzen, während wir noch mit unseren Freunden feierten. Dann fing sie an, sich wirklich an mir zu reiben. Mein Schwanz wurde hart, als ihr heißer Arsch sich an ihm rieb. Meine Hände begannen, ihre Hüften zu erforschen, als ich sie fest an mich zog. Ich merkte, dass sie meinen steinharten, pochenden Schwanz spürte, da meine Hose aus dünnem Material bestand. Sie begann langsam daran zu knirschen, während meine Hände ihren sexy kleinen Körper weiter erkundeten. Sie drehte sich um und begann sofort mit mir zu knutschen.

Bumm! Licht an! Verdammt, Mann, ich habe nachgedacht. "Trinkt aus und macht euch auf den Weg", schreit es im ganzen Club. Sie ließ ein kleines Wimmern der Enttäuschung los. Ich schaue mich um, und ein paar meiner Freunde starren uns lächelnd an und schauen mich gut an. Sie gibt mir einen kleinen Kuss.

"Das kann nicht enden. Können wir wieder zu dir gehen?" fragte Mya in sexueller Frustration. Mein Gott, ja, ich denke nach. Das wird wirklich passieren. "Ja", antwortete ich, "Lass mich mit meinen Freunden reden. Wir sind von meinem Haus heruntergekommen, und alles ist da." "Ich muss auch mit meinen Freunden reden. Wir treffen uns draußen", sagt sie und gibt mir einen schnellen, aber leidenschaftlichen Kuss und reibt ihre Hand über meinen noch harten Schwanz.

Als ich zu meinen Freunden zurückkomme, fangen sie an, die Leute raus zu zwingen. Wir gehen nach draußen und ich lasse sie wissen, dass Mya mit uns kommt, während ich mir eine Zigarette anzünde. Etwa zehn Minuten später kommt sie heraus und kommt auf uns zu, während ihre Freunde in die andere Richtung gehen. Sie sieht erstaunlich sexy aus in einer Jacke, die ihr halb den Oberschenkel hinunterging. Sie ging an ihrem Rock vorbei und versteckte ihn, so dass man nur ihre mit Netzstrümpfen bedeckten Beine sah.

"Tut mir leid, wir hatten unsere Sachen nicht in der Garderobe." Sie sagt mit sprudelnder Stimme: "Tut mir leid, wir hatten keine Garderobe dabei. Mir wurde es im Oktober im Mittleren Westen kühl. "Lass uns gehen. Mir wird selbst kalt, weil ich nicht schlau genug war, eine Jacke mitzunehmen." Wir gehen nie mit Mänteln oder Jacken aus. Ich hasse die Garderobe und es gibt Ärger in den Bars und Clubs.

Wir kommen bei mir zu Hause an, und meine Freunde sind nicht bereit, mit dem Feiern aufzuhören. Ich konnte nur daran denken, Mya zu ficken, aber als guter Gastgeber habe ich mir ein paar Biere gekrabbelt und die Musik angemacht. Wir tanzten alle aufeinander herum, lachten und scherzten herum. Die

Mädchen machen viele Fotos mit ihren Handys, wie die meisten Mädchen. Der andere, alleinstehende Mann hat nie wirklich Mädchen bekommen, also hingen die Damen alle um ihn herum und steckten ihre Ärsche raus. Sie baten Mya, mitzumachen, und mich, ein paar Bilder zu machen. Die Mädchen hatten alle einen tollen Hintern und sahen in ihren knappen Outfits gut aus. Eines der Mädchen sagte zu Mya, dass sie einen schönen Hintern habe und in ihrem Outfit heiß aussehe. Ich merkte, dass ihr das Kompliment gefiel und sie ihren Hintern mehr herausstreckte. Der Glückliche!

Eine Stunde oder so vergeht, und das erste Paar geht. Gott sei Dank denke ich nach. Die Kettenreaktion setzt ein, und in den nächsten

20 Minuten beschlossen alle anderen, ebenfalls zu gehen. "Endlich" sage ich zu Mya, während ich gehe, um die Tür abzuschließen. "Ich hätte nicht gedacht, dass sie alle so lange bleiben würden."

"Es ist in Ordnung", sagt sie. "Ich mag deine Freunde. Ich hatte eine Menge Spaß." Sie kam und gab mir einen Kuss. "Macht es dir was aus, wenn ich ein bisschen Gras rauche?" Ich frage sie. "Diese Freunde rauchen nicht."

Sie sagte, ich solle es tun, also ging ich in mein Zimmer und holte meine bereits geladene Pfeife. Ich gehe zurück ins Wohnzimmer und setze mich neben Mya. Ich nehme einen Zug und gebe ihr die Pfeife. Sie nimmt einen

Zug und sagt, das reicht für sie, oder sie wird krank oder ohnmächtig, weil sie getrunken hat.

Als ich mit dem Rauchen fertig bin, lehne ich mich vor und beginne, sie langsam und leidenschaftlich zu küssen. Ich konnte an ihrem Atem erkennen, dass sie geil ist. Bald packte sie meinen Schwanz durch meine Hose und begann, ihn zu streicheln. "Gras macht mich richtig geil", flüsterte sie zwischen den Küssen.

Das war mein Stichwort, die Situation unter Kontrolle zu bringen. Ich nahm eine Handvoll ihrer Haare, zerrte ein wenig an ihren Haaren und fing wirklich an, mit ihr rumzumachen. Das war der Trick, als sie anfing zu stöhnen. Meine andere Hand lief unter ihrem kleinen Rock in Richtung ihrer Vagina, aber sie hielt mich genau dort an. Ich führte meine Hand zu ihrer Brust und massierte eine ihrer Titten ein wenig über ihren Oberkörper.

Ich ließ ihr Haar los, damit ich mit der anderen Hand ihren erstaunlichen Körper erkunden konnte. Sie lehnte sich zurück und öffnete langsam den Reißverschluss ihres Oberteils. Sie legte eine Hand auf eine ihrer Titten und drückte sie. Vorher arbeitete sie das Oberteil ab, bis es nur noch um einen Arm lag, ohne viel Brust freizulegen. Ihr Bauch ist leicht gestrafft und mit ihrem gebräunten Körper sieht sie erstaunlich aus. Ich bin ein Bauchtyp, gut mit Bauch und Arsch. Titten sind sicher ein Bonus, aber ich habe mich nie darum gekümmert, dass sie groß sind. Es gibt nicht viel sexier als einen flachen, leicht gewölbten Bauch.

Sie bewegt ihre Hände langsam nach unten und zeigt schöne, kecke kleine Titten. Sie sind gerade genug von einer Handvoll, die von den süßesten kleinen dunklen Nippeln gekrönt sind. Sie sehen perfekt an ihrem kleinen sexy Körper aus.

"Deine verdammt sexy", sagte ich, als ich reinging, um ihre Nippel zu lecken. Ich umkreiste einen ihrer Nippel mit der Zunge, als meine andere Hand ihren sexy Bauch erforschte. Sie ließ ein sexy kleines Wimmern heraus, so dass ich anfing, an ihren Brustwarzen zu saugen und sie sanft anzuknabbern. Ihre Brustwarze wurde hart, als meine Lippen und

Zunge sie massierten. Meine Hand schob sich ihren Bauch hinauf zu ihrer anderen Brust. Ich kneifte ihre andere Brustwarze, und sie starrte zu stöhnen und bekam eine Gänsehaut. Sie greift ihre Hand in meine Hose und reibt langsam meinen harten Schwanz. Mya beugt sich herunter und legt ihren Kopf an meinem Schoß ab. Sie fängt an, meinen Schwanz aus meiner Hose zu ziehen, dann hört sie plötzlich auf.

"Ich muss Ihr Badezimmer benutzen", sagt sie. "Gehen Sie nicht weg, Sie sind jetzt mein Gefangener", sagt sie verführerisch. "Vertrau mir, ich werde hier sein. Lass mich nicht zu lange auf diesen sexy Arsch warten." Sie errötet, schnappt sich ihre Jacke und Handtasche und geht ins Bad.

Ich bewundere ihren kleinen sexy Körper, als sie weggeht. Ich bin der glücklichste Mann auf der Welt im Moment. Ich weiß nicht, wie lange sie im Bad war, aber es kam mir wie eine Weile vor für einen betrunkenen, geilen Mann.

Sie verlässt die Toilette mit ihrem kleinen sexy Outfit, die Haare sehen alle schön frisch und erstaunlich aus. Ich stehe auf, als sie auf mich zukommt. Wir beginnen uns zu küssen, während sie sich auf die Couch setzt. Dann hört sie auf, mich zu küssen. "Ich mag dich wirklich. Darum ist das so scheiße", lässt sie schüchtern heraus. "Was geht hier vor?"

"Ich... ich habe im Badezimmer diskutiert, um dir zu sagen, dass ich dir gerade einen tollen

Blowjob geben wollte, um dann hoffentlich zum Schlafen zu kuscheln", sagt sie. Ich frage mich, ob es ihre Zeit des Monats ist oder so. Ich frage mich, wohin das führt, und sehe sie verwirrt an. "Ich weiß, wir treffen uns nur, aber wie sehr magst du mich?" fragt sie. "Sagst du mir nur, was ich deiner Meinung nach hören will, um einen geblasen zu bekommen?" "Ich mag dich wirklich", antworte ich und halte dann eine Sekunde inne. "Wenn du nichts tun willst, ist das okay. Wir können uns hinlegen, wenn Sie wollen, und das an einem anderen Tag machen. Vielleicht nach einem richtigen Date."

Die letzte Zeile zauberte ein kleines Lächeln auf ihr Gesicht. Ich wollte unbedingt Sex mit ihr haben, aber, wenn ich warten müsste, um mit ihr Sex zu haben, würde ich es tun. Sie war so schön und ich hatte sonst niemanden in meinem Leben. "Ich bin eine schöne, kluge Frau, aber ich... Ich wurde nicht als Mädchen geboren." Sie sagte mit zögerlicher Stimme.

Ich schaue sie nur an, ohne zu wissen, was ich denken soll. "Darum wollte ich dir nur einen blasen und das war's. Rufen Sie sich morgens ein Taxi und lassen Sie es dabei bewenden. Du hättest es nie erfahren. Aber ich mag dich wirklich und fühle mich schrecklich, weil ich dich getäuscht habe, ich will das weiterführen."

"Bist du wie eine Transe oder so was?" frage ich mit verwirrter Stimme. Ich sage "Ich bin nicht schwul" mit ein wenig Autorität.

Ich bin nicht schwul und habe nie darüber nachgedacht. Ich fühle mich mit meiner Sexualität so wohl, dass ich nicht ausflippe. Ich habe in E-Mails oder Texten als Witz ein paar Tgirls oder Tussis mit Schwanzbildern gesehen und bin gelegentlich in Pornoszenen darüber gestolpert, und manchmal hat mich das ein wenig angemacht. Und gelegentlich sah ich auch die eine oder andere Drag Queen oder Crossdresserin, aber das hat mir nichts genützt. Abgesehen davon wusste ich zu diesem Zeitpunkt in meinem Leben kaum etwas über das Thema.

"Ich bin keine Transe. Ich bin eine Frau." Sie sagte defensiv. "Ich bin als Junge geboren, aber innerlich war ich immer ein Mädchen. Und ich bin eine Transfrau, keine Transe, aber ich betrachte mich als Frau. Wenn Sie wollen, dass ich gehe, verstehe ich das, und es tut mir leid, dass ich nicht schon früher etwas gesagt habe. Ich möchte nur, dass ein Mann mich so behandelt, wie die Frauen, die ich bin", sagt er vor einer kurzen Pause schnell und sagt in aller Ruhe: "Ich mag dich wirklich.

"Ich habe Sie wirklich gemocht und ich schätze, das tue ich immer noch", sagte ich mit einer kurzen Pause nach dem Wort. Ich kann Ihnen nicht sagen, was das nüchterne Ich in dieser Situation getan hätte. Aber da ich betrunken und geil war und wie wunderschön diese Frau vor mir war, konnte ich nicht nein sagen. "Lasst uns einfach wieder zu dem zurückkehren, was wir getan haben, und sehen, was passiert."

Sofort verschließt sie die Lippen und macht mit mir rum. Dann legt sich Mya auf den Rücken, da wir nie mit dem Knutschen aufhören. Ich fange an, sie zu knirschen und trocken zu bumsen. Wir reiben unsere Hüften für einige Zeit ineinander, während sie unter den Küssen leise stöhnt. Sie öffnet den Reißverschluss und wackelt ihr Oberteil ab, während sie mich weiter küsst.

Nach ein paar weiteren Minuten des Knutschens breche ich die Küsse ab, um schnell mein Hemd auszuziehen. Ich gehe nach unten und beginne, ihren Nacken und ihre Schulter zu küssen und zu knabbern. Sie legt ihre Hände auf meine Brust und drückt mich, bevor sie mit ihren Händen über meinen Bauch zu meinem Hosenbund läuft. Dann steckt sie ihre Hände in meine Hose und neckt ganz langsam meinen Schwanz. Sie streift meinen Schaft ab, während sie sich um ihn herumbewegt und mit ihren Fingerspitzen um den Ansatz meines Schwanzes herum zu meinem inneren Schwanz läuft. Sie rammt ihre Finger so sanft in meinen Sack und lässt meinen Körper schaudern. Mein Gott, was für eine Nervensäge, denke ich, wenn ich mich ein wenig winde und ein leises Stöhnen ausstoße.

Ich kann sagen, dass sie Befriedigung daraus zieht, dass sie mich neckt, indem sie sich bis zum Ansatz meines Schwanzes vorarbeitet. Langsam fährt sie mit ihren Fingern die Länge zu meinem Kopf hinauf und hält eine Sekunde inne, bevor sie sich wieder nach unten bewegt und dann ein paar Mal wiederholt. Ich bewege meine Hüften und versuche, meinen Schwanz in ihre Hand zu bekommen, während er jetzt pocht. Schließlich greift sie meinen Schwanz und beginnt, ihn schnell zu streicheln.

Wenn ich nicht betrunken und high wäre, würde ich jetzt wahrscheinlich abspritzen. Sie sagt mir, ich solle mich zurücklehnen und beginnt, mir die Hose runterzuziehen. Sie schnappt sich meinen fast 7" großen Schwanz und bewundert ihn ein wenig. Er ist nicht riesig, aber er hat einen dicken Kopf und erledigt den Job. Sie lehnt sich rein und leckt die Unterseite meines Schafts, während Stöße meinen Schwanz hinunterschießen. Ihre Lippen wickeln sich dann um meinen Schwanzkopf, während sie das Vorwort züngelt. Ihre Hand macht sich auf den Weg zu meinem Schaft, während sie ihn sanft mit einer langsamen Streichbewegung drückt.

"Oh Gott, Baby. Das ist erstaunlich. Du bist so sexy", stöhnte ich aus. Sie nimmt meinen Schwanz etwa auf halber Strecke nach unten und fängt an, auf und ab zu wippen, wobei sie mit ihrer Hand nach der gleichen Bewegung langsam schneller wird. Es fühlt sich so gut an, wenn dieses schöne asiatische Mädchen meinen Schwanz lutscht. Ein nüchternes Ich hätte schon längst kommen müssen. Es fühlt sich toll an, aber ich will dieses Mädchen unbedingt ficken.

Ich ziehe sie hoch und fange an, sie zu küssen. Meine Hand rinnt ihren sexy Bauch hinunter in das Band ihres Röckchens. Sie hält meine Hand an, steht auf und dreht sich leicht zur Seite. Sie wackelt so aus Rock und Höschen, dass alles versteckt war. Sie dreht sich zu mir um, und ich war überrascht, den kleinsten kleinen Schwanz zu sehen, den ich je gesehen habe. Ich würde sagen, kaum über einen Zentimeter lang und 3/4 Zoll breit. Rasiert und geschnitten ist er etwa halb Kopf und halb Schaft. Ein strammer Sack, der kaum ausgebeult ist und scheinbar keine Hoden hat. Der Bereich war etwas dunkler als ihr Haut Ton.

Aus irgendeinem Grund macht mich das sehr an. Aber warum, dachte ich, als ich diesen winzig kleinen Schwanz anstarrte, war es der

Alkohol. Aus irgendeinem Grund sah es an ihr so natürlich aus, dass ich dachte. Ich bin zu betrunken und geil, um mich darum zu kümmern, warum es mich so antörnt. Ich will so gerne Sex mit diesem Mädchen haben. "Was denkst du dir dabei?" Sie fragt mich.

"Es sieht an dir natürlich aus. Ich meine, du siehst unglaublich aus." Ich antworte. "Ich würde dich nicht anders wollen, du bist perfekt." Sie lächelt, dreht sich dann um und zeigt mir ihren strammen kleinen Hintern. In ihrem Arsch steckt ein pinkfarbener, juwelenbesetzter Analstöpsel, der sie einfach fasziniert hat. Sie dreht sich wieder zu mir um und ich stehe auf und treffe sie. Ich lege meine Hand um sie auf ihren unteren Rücken und ziehe sie in mich hinein. Als unsere Körper sich treffen, beuge ich mich nach unten, um sie zu küssen. Sie steckt mir ihre Zunge in den Mund.

Sie greift nach dem Band meiner Hose und beginnt, sie nach unten zu drücken. Ich winde mich aus ihnen heraus, ohne den Kuss zu unterbrechen, den wir gerade erleben. Wir gehen auf die Couch, ich liege auf ihr. Sie greift meine Hüften und zieht mich in ihr Becken. Sie fängt an, mich von unten trocken zu bumsen, indem sie ihren weichen kleinen Schwanz in meinen hart pochenden Schwanz reibt, während sie unter unserem Kuss zu stöhnen beginnt.

Ihre Aufregung macht mich noch mehr an, wenn ich die Führung übernehme. Sie fängt an, so sehr zu stöhnen, dass sie mich nicht mehr zurückküssen kann. Sie wölbt ihren Rücken und ergreift meine Hüften, während ihr Stöhnen mit zunehmender Intensität zunimmt. Sie bewegt ihre Hüften in perfektem Rhythmus mit meiner, während das Tempo zunimmt. Ein lautes Stöhnen kommt heraus, als sie meine Hüften eng an ihre zieht, während Köcher durch ihre Hüften schießen.

Ihr Körper entspannt sich unter mir, als sie ein paar schwere Atemzüge ausstößt. Nur etwa 2 Minuten Trockenbuckel und sie steigt aus, was mich wirklich geil macht. Ich muss sie jetzt haben, also greife ich nach unten, um ihren Buttplug herauszuziehen. Sobald ich dort bin, greift sie nach meiner Hand. "Lass uns zu

deinem Bett gehen Baby", flüstert sie mir ins
Ohr.

Ich sage nichts, ich stehe nur auf und helfe ihr
auf. Sie greift nach ihrer Handtasche und folgt
mir, während ich sie in mein Schlafzimmer
führe. Sie fordert mich auf, mich hinzulegen,
damit ich ihr folge, dann klettert sie langsam
auf mich. Sie greift hinter sich und zieht den
Buttplug heraus und wirft ihn sanft vom Bett. Sie
gibt mir etwas Gleitmittel und leckt ihre Hand,
damit mein Schwanz richtig glatt wird, bewegt
sich dann nach oben und positioniert ihren
Arsch an der Spitze meines Schwanzes.

Sie dreht meinen Schwanz ein paar Mal um
ihren Arsch und lässt ein leises Stöhnen heraus,

bevor sie mich in ihrem Arsch bearbeitet. Als mein geschwollener Schwanzkopf in ihren engen Arsch eindringt, beginnt sie vor Freude zu stöhnen. Wenn ich nicht betrunken wäre, hätte ich dann sofort gespritzt. Es ist so eng, dass sie den Kopf einarbeitet und eine Sekunde innehält, um sich an meinen Schwanz zu gewöhnen. Sie lässt ein paar Stöhnen heraus, als sie ihre Hände auf meine Brust legt und langsam mit ihren Hüften wackelt. Sie schaut zu mir hinunter, während sie ihren Arsch langsam auf meinen Schwanz senkt. Ihre Augen rollen nach oben, während sie vor Freude stöhnt, während sie die Hälfte meines Schwanzes in ihren Arsch steckt und langsam auf und abarbeitet.

Es war das erste Mal, dass ich Analsex hatte, und es war besser, als ich es mir vorgestellt hatte. Es fühlte sich so weich und eng an und war eine Art Tabu. Anal war immer eine Fantasie von mir und mein meistbesuchter Porno. Ich kann fühlen, wie sich ihre Muskeln um meinen geschwollenen Schwanz herum dehnen. "Oh Baby" stöhnt sie aus, während sie mir in die Augen schaut.

Sie senkt sich immer weiter ab und nimmt meinen Schwanz nach und nach in sich auf. Sie starrt mich die ganze Zeit an, bis auf ein paar weitere Male, wenn ihre Augen zurückgerollt sind. Ihr Mund ist O-förmig und sie stöhnt wimmernd, bis mein Schwanz ganz in ihrem Arsch steckt. Ich schaue nach unten und ihr kleiner Schwanz ruht auf meinem Bauch und der Anblick ist absolut erstaunlich.

Ich schaue wieder zu ihr hoch und ziehe sie nach unten, um ihr einen Kuss zu geben. Sie versucht, mich zurück zu küssen, aber sie ist zu überwältigt vor Freude. Zuerst beginnt sie langsam auf meinem Schwanz zu reiten, während sie ihren kleinen Schwanz in meinen Bauch schleift. Sie reitet mich einige Minuten lang sinnlich und nimmt langsam das Tempo auf. Es fühlt sich erstaunlicher an als alle anderen Frauen, die meinen Schwanz geritten haben. Ich denke, es ist zum Teil Geschicklichkeit und ihr Arsch ist enger als eine Pussy.

Ich sehe, wie ihr winziger Schwanz hüpft, während sie anfängt, mich in einem ziemlich hohen Tempo zu reiten. Der Anblick erregt mich, als ich ihren Arsch ergreife und anfange, meine Hüften schnell hochzuschieben und ihren Arsch hart in meinen Schwanz zu knallen. Ihr Stöhnen wird immer lauter, als ich spüren konnte, wie sich ihr Arsch um meinen Schwanz zusammenzieht und ihre Beine sich an meinen Seiten zusammenziehen.

"Oh Gott!" Sie schreit auf. "Halt das Baby nicht auf." Ich gebe ihr alles, was ich habe, und sie wölbt sich zurück und hebt ihren Arsch ein wenig hoch. Ihr kleiner Schwanz spritzt zwei kleine Dämpfe von klarer Flüssigkeit auf meinen Bauch. Der Anblick war einfach zu viel für mich.

"Ich komme gleich", stöhnte ich aus. "Mach es, Baby"

Ihre Augen sind voll in den Hinterkopf gerollt, während ich meine Hüften so hart und schnell wie möglich nach oben schiebe. Ihre Beine fangen an zu zittern, und sie spannt ihren Hintern an, was es mir erschwert, volle Schubkraft zu bekommen. Sie kann kaum noch atmen, als ich mich so weit wie möglich in ihren Arsch schiebe, während ich fühle, wie der Druck der Empfindung meinen Schwanz füllt. Ich versuche, ihn so lange wie möglich zurückzuhalten, aber es ist zu viel, da meine Knie zu zittern beginnen und mein Schwanz in ihrem Arsch platzt. Ihre Beine und ihr Arsch spannen sich immer mehr an, während ihr Körper zu zittern beginnt. Mein Schwanz rutscht aus ihrem Arsch, als ein letzter Strom von Sperma aus meinem Schwanz auf ihren Arsch und ihre Oberschenkel schießt.

Sie bricht auf mich zusammen, da wir beide schwer atmen. Ich spüre, wie sich unsere nasse Ficksahne zwischen unseren verschwitzten Körpern quetscht, während sie ihre Lippen zu meinen bringt. Sie gibt mir den weichsten Kuss, die Wärme des Atems, die langsam aus ihren Lippen entweicht, erwärmt meine Lippen. Als sie sich zurückzieht und ihren Körper zur Seite schiebt, kann ich das Salz von ihren Lippen schmecken. Sie legt ihren Kopf auf meine Brust, während ich einen Arm um ihren Körper lege. Das fühlt sich richtig an, denke ich mir, fühlt sich gut an, fast so gut wie das Geschlecht.

Nachdem sie wieder etwas Kraft gewonnen hat, küsst sie meine Brust und steht dann langsam auf. "Meine Beine sind schwach", sagt sie mit einem Glucksen. "Ich muss auf die Toilette."

Sie schnappt sich ihre Handtasche und ihren Buttplug, und ich bekomme einen Blitz von ihr, bevor sie sich umdreht und den Raum verlässt. Als ich mit Sperma auf dem Bauch und einem mit Gleitmittel und Sperma glänzenden Schwanz daliege, trifft es mich. Nachdem die anfängliche Euphorie durch den Sex und den Alkohol nachgelassen hat, merke ich, dass ich gerade jemanden gefickt habe, der früher einmal männlich war, jemanden, der einen Schwanz hatte. Gleichzeitig ist dieses Mädchen hinreißend und aus irgendeinem Grund sah sie so natürlich aus.

Als sie in den Raum zurückkehrte, sagte sie mit einem Lächeln auf dem Gesicht und einer Feder im Schritt "Lass mich dich saubermachen, Baby". Sie näherte sich mir mit einem warmen Waschlappen und reinigte meinen Bauch. Dann macht sie sich langsam auf den Weg nach unten und nimmt sich dabei Zeit, mich zu bewundern, während sie geht. Nach einer guten Reinigung kuscheln wir uns unter die Decke und liegen dort schweigend. Da mein Geist noch immer versucht, sich um das Geschehene zu wickeln, beschließe ich, es zu genießen, während wir schnell einschlafen.

Am nächsten Morgen weckte mich Mya früh auf, zu früh dafür, wie lange wir aufgeblieben waren. Sie will wissen, ob ich mir ein Taxi nehmen will, um mein Auto zu holen und sie nach Hause zu bringen, oder ob sie sich eines nehmen und einfach nach Hause fahren soll. Ich hole jetzt besser mein Auto, also sage ich ihr, sie soll ein Taxi für uns nehmen.

Ich stehe auf, putze mir die Zähne und spritze mir etwas Wasser ins Gesicht. Ich fühlte mich scheiße und war völlig ausgetrocknet. Als das Taxi angekommen ist, fahren wir zu meinem Auto und nehmen ihren Platz ein. Sie wohnt auch nicht weit vom Stadtzentrum entfernt, nur in der entgegengesetzten Richtung, aber es ist wirklich nicht allzu weit von meiner Wohnung entfernt. Ich habe sie an ihrer Wohnung abgesetzt. Sie ist viel schöner als mein Wohnort und eine viel bessere Nachbarschaft. Sie gibt mir einen Kuss und ihre Telefonnummer.

"Ich hoffe, du rufst mich an, wenn ich es nicht verstehe", sagt Mya. "Wir hatten eine gute Zeit, egal was passiert." "Ich werde dich anrufen. Ich habe mich gestern Abend amüsiert."

Sie sah verdammt gut aus, als sie wegging. Auf dem Heimweg nehme ich ein McDonald's-Frühstück ein, damit ich einfach nach Hause gehen, essen und mich entspannen kann, ich fühle mich beschissen. Während ich herumliege und einen faulen Sonntag habe, Fußball schaue und mich ein paar Mal in den Schlaf treiben lasse, denke ich oft an Mya. Ich fange an, mit der Tatsache zu kämpfen, dass ich Sex mit jemandem mit einem Penis hatte. Obwohl es aus irgendeinem Grund natürlich aussah. Sicher, ich hatte Spaß und der Sex war großartig, aber ich bin nicht schwul oder so etwas in der Art.

In den nächsten Tagen kann ich nicht anders, als an Mya zu denken. Ich prahlte vor einer Mitarbeiterin damit, dass ich mit ihr zusammen war, aber ließ den Trans-Roman aus. Sie sieht gut aus und ist ein lustiger Mensch, aber ich gehe immer wieder hin und her, was ich tun soll. Ich meine, ich bereue nicht, was passiert ist, aber ich möchte definitiv nicht, dass die Leute es wissen, das ist alles verwirrend für mich.

Am Mittwoch nach der Arbeit gehe ich in eine Bar und trinke mit einigen Kollegen etwas. Wir unterhalten uns gerne über Sport und versuchen, Gespräche über die Arbeit zu vermeiden, aber es kommt gelegentlich zur Sprache. Je mehr ich trinke, desto mehr fange ich an, über Mya nachzudenken. Nach ein paar Drinks hatte ich Spaß, aber ich beschloss, zu gehen, damit ich nicht betrunken nach Hause fahren musste.

Zu Hause angekommen, esse ich etwas, das ich mir auf dem Heimweg geholt habe, und schaue etwas fern. Nach dem Essen rauche ich eine Schüssel Gras und trinke noch ein paar Bier. Inzwischen fühle ich mich verdammt gut, und als ich mein Bier getrunken habe, starrte ich leer auf den Fernseher und konnte nicht aufhören, an Mya zu denken, nicht einmal an den Teil mit dem Schwanz. Ich wollte sie einfach nur sehen, sie fühlen, sie küssen.

Als ich mein Bier ausgetrunken hatte, zündete ich mir eine Zigarette an und beschloss, sie anzurufen. Ich konnte einfach nicht mehr länger warten. Als das Telefon klingelte, war ich nervös. "Hallo, hier ist Mya." Ich höre, wie sie ans Telefon geht. "Hallo, Mya. Hier ist Bo, wie geht es dir?" sage ich nervös. "Toll, ich bin so froh, dass du anrufst", sagt sie mit aufgeregter Stimme. "Wie geht es dir?" Ich bin ein wenig erleichtert, dass sie froh klang, dass ich angerufen habe, aber ich merke, dass ich ohne einen Plan angerufen habe. Ich bin angeheitert und wollte sie einfach nur sehen, aber das kann ich nicht einfach sagen.

"Ich bin gut... Ich rufe nur an... ähm... ich würde gerne sehen, ob wir vielleicht mal essen gehen oder zusammen rumhängen können, vielleicht dieses Wochenende." "Das würde ich sehr gerne." Sie antwortete vor einer ungewissen Pause. "Aber ich bin dieses Wochenende ziemlich beschäftigt." "Nun, ich würde dich einfach gerne mal sehen." "Wie wär's, wenn wir uns heute Abend in etwa einer Stunde zum Essen treffen?"

"Hört sich gut an. Wo willst du essen?" Ich hatte vorhin schon gegessen und war nicht hungrig, aber ich wollte sie sehen. "Bin mir noch nicht sicher. Wir treffen uns in etwa einer Stunde in der Stadt. Ich sage dir dann, wo." "Ok. Bis in einer Stunde. Ich kann es kaum erwarten." "In Ordnung. Bis bald, Bo."

Ich bin schon ganz aufgeregt, Mya heute Abend zu sehen. Ich beschließe, dass ich besser unter die Dusche springe. Während ich dusche, kann ich nicht aufhören, an sie zu denken. An ihr Lächeln, ihren Bauch und ihren sexy kleinen Hintern. Mein Schwanz beginnt zu wachsen, wenn Seife und Wasser an ihm herunterlaufen. Ich greife ihn und fange an, ihn zu streicheln, während ich an ihr Stöhnen und ihren warmen Atem auf meinem Hals denke. Als ich beinahe komme, beginne ich über das kleine Extra nachzudenken, das sie hat. Ich habe versucht, es nicht zu tun, aber ich kann einfach nicht aufhören. Es hüpft, als sie auf meinem Schwanz ritt. Die Art und Weise, wie sie wie ein Mädchen stöhnte, aber während des Orgasmus ihren Schwanz herausspritzte. Ich lege meine andere Hand auf die Duschwand und meine Knie beginnen zu wachsen, während ich auf dem Duschboden abspritze.

Ich dusche schnell fertig und putze mir die Zähne. Je näher die Zeit dem Treffen mit ihr kommt, desto nervöser werde ich. Das Gras und der Alkohol lassen nach, was nicht hilft, aber ich möchte einen klaren Kopf haben, um sie zu treffen. Ich muss entscheiden, was ich davon haben will, um zu sehen, was sie davon hat. Wenn ich die Tatsache umgehen kann, dass sie einen Penis hat. Das hat die Nacht ein wenig erregt und mich gelegentlich angemacht, wenn ich darüber nachdachte. Ein anderes Mal frage ich mich, ob ich es nüchtern auch getan hätte, das ist eine Menge zu verkraften.

Ich mache mich bereit und gehe zur Tür hinaus. Auf dem Weg zu meinem Auto erhalte ich eine SMS. Ich steige in mein Auto und überprüfe die Nachricht. Sie ist von Mya und lautet: "14. und P an der Ecke mit der Statue. Kann es nicht erwarten, dich zu sehen." Ich starte mein Auto und mache mich auf den Weg in die Innenstadt. Ich wohne in der Nähe, so dass ich nicht lange brauche, um dorthin zu kommen. Ich parke in einem Parkhaus, etwa einen Block von dem Ort entfernt, an dem ich sie treffen soll.

Ich gehe auf die Straße und gehe zum Zielort.
Als ich mich der Kreuzung nähere, sehe ich
Mya, bevor sie mich sieht. Mein Verstand rast
mit Gedanken darüber, was ich sagen und tun
soll. Ich fühle mich fast wie in der High-School,
wo ich ein Mädchen um ein Date bitte. Bevor
ich meine Gedanken sammeln kann, schaut
sie über meinen Weg und sieht mich. Sie
bekommt ein breites Lächeln auf ihr Gesicht
und ist genauso schön wie in meiner
Erinnerung. Ihr warmes Lächeln und ihr gutes
Aussehen lassen mich fast vergessen, dass sie
einen Schwanz hat.

"Hallo Bo!" sagt sie mit lauter und fröhlicher
Stimme. "Ich bin so froh, dich zu sehen." "Hey
Mya, schön, dich zu sehen." Ich antworte,
während ich mich auf sie zubewege. Als ich ihr

nahekomme, umarmt sie mich. Es fühlt sich gut an, sie in meinen Armen zu haben, während ich ihren Rücken umarme. "Du hast mir den Tag versüßt, Bo. Ich dachte nicht, dass du mich anrufen würdest." Sie sagt leise in mein Ohr, bevor wir die Umarmung abbrechen. "Ich habe dir gesagt, ich würde anrufen."

"Hat ja auch lange genug gedauert. Ich habe mir Sorgen gemacht", sagt sie scherzhaft. "Um die Ecke gibt es eine gute Pizzeria, wenn dir das hilft." "Hört sich gut an." Wir gehen in den Pizzaladen und machen Smalltalk, das Wetter, wie unsere Tage verlaufen sind. Sie arbeitet bei einer Bank in der Innenstadt als Junior-Kreditsachbearbeiterin, im Grunde ein Papierdrücker, aber sie hat sich dort für eine gute Zukunft eingerichtet. Ich arbeite nur in der

Fabrik, nicht der beste Job, aber es zahlt die Rechnungen.

Die Pizzeria ist nett, sehr zwanglos und hat einen Lounge-Charakter. Wir machen uns auf den Weg nach hinten, wo der Bestellschalter ist. Ich schaue auf die Speisekarte und es gibt eine Menge Beläge, viele Soßenaromen und viele Möglichkeiten, Brotstangen zu bestellen.

"Nun, wie sollen wir das bestellen? Welchen Belag mögen Sie auf Pizza?" frage ich My. "Ich werde mir einfach eine persönliche Pizza bestellen." Sie antwortet. "Ich mag Spinat auf meiner... und ich weiß, Spinat auf Pizza ist komisch, aber ich mag es." "Ich habe schon von seltsamer gehört, ist vielleicht nicht schlecht. Ich denke an Rinderbrust und Kartoffeln." Ich starre auf die Speisekarte und stelle meine erste Entscheidung in Frage, da ich alle Beläge einnehme. "Hier gibt es eine Menge Garnierungen, verrückt."

"Es gibt nur einen Ort in der Stadt, wo man Spinat drauflegen kann." Ich schaue wieder auf die Speisekarte und auf die Brotstangen. Ich bin immer noch nicht zu hungrig, aber ich bringe es morgen zum Mittagessen zur Arbeit. Als ich die Speisekarte durchstöbere, nähert sich ein Mädchen, um unsere Bestellungen aufzunehmen. Ich beeile mich besser und suche das hier aus. Sie fragt Mya, was sie will, und sagt, dass sie ihre Pizza und eine kleine Limonade möchte. Ich schaue nach unten und sehe, wie sie in ihre Handtasche geht.

"Keine Sorge, ich werde es schon schaffen, Mya." "Nein, ich hab's verstanden. Wenn du mich rausholst, kannst du das."

Ich versuche es noch mal, aber sie ignoriert mich und bezahlt ihre eigenen. Ich bestelle meine Pizza, Käsebrot und eine Limo. Die Mädchen geben mir meine Quittung. Mya und ich füllen unsere Sodas auf und setzen uns auf eine Couch mit einem Couchtisch davor. Ich schaue mich um, um meine Nervosität zu verbergen, während wir schweigend auf unser Essen warten. Mein Verstand kann nicht einmal klar denken, hier bin ich mit einem hübschen Mädchen unterwegs, aber ich könnte mich nicht mit einer Person mit einem Schwanz verabreden, was würden meine Freunde denken und so weiter. Aber sie ist nett und süß und sieht gut aus.

Unser Essen ist fertig, und ich hätte nicht früh genug sein können, um das Schweigen zwischen uns zu brechen. Ich gehe hoch und versuche, unser Essen zu holen, aber sie steht auf und holt sich ihr eigenes. Ich war mit einigen ziemlich unabhängigen Mädchen zusammen, aber sie lassen sich trotzdem von einem Mann zum Essen einladen oder abholen. Aber Mya, sie ist anders, vielleicht zeigt sie ihren Stolz auf ihre Unabhängigkeit oder so etwas. Wir sitzen und die Pizza sieht gut aus, aber ich bin nicht sehr hungrig. Ich probiere zuerst ein wenig von dem Käsebrot, es sieht unglaublich aus.

"Willst du dieses Brot probieren? Es ist köstlich", fragt sie, während ich das Brot ein wenig anhebe. "Nein, ich bin ok. Sieht gut aus, aber man kann es essen." "Ich habe es zum Teilen. Und außerdem bin ich nicht so hungrig." "Warum bist du dann mit mir zum Essen gekommen?" "Ich wollte dich sehen", antworte ich. "Und ich nehme es mit zur Arbeit zum Mittagessen... aber hauptsächlich, um dich zu sehen."

Mya bekommt ein scheues Lächeln auf dem Gesicht, als sie nach unten schaut und ein Stück Käsebrot bekommt. Sie nimmt ein paar Stücke von dem Brot und ich nehme ein Stück Pizza und beiße ab. Sie ist gut und anders als alle Pizzen, die ich bisher gegessen habe.

"Das ist gut. Es schmeckt mir." Ich sage. "Dieses käsige Brot ist köstlich." Mya antwortet. "Schön, dass du mir das mitgebracht hast, ich habe noch nie davon gehört." "Es schmeckt mir. Ich bin erst vor ein paar Monaten darüber gestolpert." Wir essen noch ein bisschen mehr. Ich esse mein Stück Pizza und ein Stück Käsebrot. Das ist genug Essen für mich und ein perfektes Arbeitsessen. Sie isst immer noch und schaut ab und zu zu mir rüber.

"Es ist mir unangenehm, vor Ihnen zu essen." sagt Mya. "Es tut mir leid. Hier werde ich noch ein Stück essen." "Nein, ist schon gut, das musst du nicht." Sie sagt, kurz bevor ich mir ein Stück nehme. "Probiere einen Bissen von mir." Sie hält es mir zum Mund und ich lerne nach vorne zu beißen. Sie verlangsamt es und zieht es dann nach hinten, um mich ein wenig zu necken. Dann legt sie das halb gegessene Stück Pizza langsam an meine Lippen und ich nehme einen anständigen Bissen. Es ist auch nicht schlecht, Spinat und Huhn. Wie sie es mir fütterte, war auch sexy.

"Das ist nicht schlecht, das macht mir nichts aus. Ich könnte es essen." "Ich finde es toll, zumindest stört es dich nicht." Sie beendet diese Scheibe und fängt mit der letzten an. Wir haben gerade kleine persönliche Pizzen bekommen, perfekte Größe für eine Mahlzeit. Das ist der beste Zeitpunkt, um etwas zu erwähnen, wenn es peinlich wird, wenn sie fast fertig ist. Ich beschließe einfach, dass ich etwas sagen muss, ich weiß nicht, was, aber etwas.

"Nun, äh, hey... ähm. Ich weiß nicht wirklich, wie ich das Ansprechen oder erklären soll." Ich suche nach den richtigen Worten. Sie stellt ihr halb gegessenes Stück Pizza ab und schaut mich an. "Aber ich, äh..." Ich halte inne, als sie mich etwas besorgt ansieht. "Was, du willst mich nicht sehen." Sie sagt ganz leise. "Nein, das ist es nicht, Mya. Du hast ein äh... Du weißt, wovon ich spreche. Ich mag dich irgendwie und will dich sehen, aber ich weiß nicht, ob ich das überwinden kann."

"Ich verstehe. Wenn du mich nicht sehen willst, verstehe ich das." "Ich will dich sehen. Wir haben dich gerade erst kennen gelernt. Ich schätze, ich muss mehr darüber wissen, über dich, über alles." "Nun, ich... Willst du draußen über Sachen reden. Vielleicht einen Spaziergang machen."

Ich schaue mich um und die Leute sind in Hörweite und das ist nichts, was sie hören müssen. "Ja, besser als hier drin." Ich antworte. Ich konsolidiere mein Käsebrot und meine Pizza, während sie ihre Jacke anzieht. Sie steht auf und wirft ihre Schachtel und ihr Soda in den Müll, während ich mein Getränk nachfülle und die leere Schachtel herausnehme. Wir gehen zur Haustür, und ich mache es mir zur Aufgabe, zuerst dort zu sein, um ihr die Tür zu öffnen.

Ich lasse Mya wissen, dass ich meine Pizza zu meinem Auto bringen will, um sie nicht herumzutragen. Die Temperatur ist ein wenig gesunken, aber immer noch nicht schlecht für diese Jahreszeit. Wir sagen nicht viel auf dem Weg zu meinem Auto. Ich glaube, sie denkt über das Gespräch nach, das wir gleich führen werden, dass weiß ich. Je näher wir zu meinem Auto kommen, desto nervöser werde ich, nachdem ich meine Pizza abgesetzt habe, ich weiß, dass ich mich öffnen muss.

Wir begeben uns in den dritten Stock des Parkhauses, wo mein Auto geparkt ist. Es fühlte sich nicht unangenehm an, bis der Aufzug nach oben fuhr, da wir gelegentlich Augenkontakt hatten und einer von uns schnell wegschaute. Wir kommen auf den Boden, auf dem mein Auto steht, bringen die Pizza vorbei und gehen dann wieder nach unten auf die Straßenebene. Als wir das Parkhaus verlassen und auf die Straße kommen, zünde ich mir eine Zigarette an und beschließe, dass es jetzt an der Zeit ist, etwas zu sagen.

"Nun, Mya, ähm... ich bin mir nicht sicher, was ich davon halten soll." Ich schaffe es, aus dem Mund gestolpert zu werden. "Wenn du weißt, was ich meine." "Ich weiß, wovon du redest, aber nicht, was du meinst." "Nun, ich mag dich, aber", sage ich zögernd in meiner Stimme. "Aber ich meine, du hast einen Penis, ich weiß nicht, was ich davon halte." "Ich weiß, es ist viel zu verkraften. Wenn ich keinen Penis hätte, was würdest du denken." "Ich mag dich und dein gutes Aussehen. Ich würde versuchen, mit dir zusammenzukommen, zu sehen, wohin es führt, dich besser kennen zu lernen."

"Du kannst mich immer noch kennenlernen."
Mya sagt: "Ich hatte Spaß und mag dich, und
ich habe dich angerufen. I -" "Und ich bin so
froh, dass du mich angerufen hast." Sie
unterbrach. "Ich werde es einfach sagen, ich
kann nicht aufhören, an dich zu denken, ich
möchte dich, deine Geschichte und was du
magst, kennen. Aber dann denke ich an
deine, äh, du weißt schon was, und du bist ein
... du warst mal ein Junge." Mya tritt vor mich
und bleibt stehen. "Ich bin ein Mädchen, denk
nicht anders darüber nach." Sie sagt. "Ich war
sowieso nie ein richtiger Junge."

"Was soll ich den Leuten sagen?" "Sag ihnen
nichts. Lernen wir uns einfach kennen, mal
sehen, was passiert." "Es ist viel, was ich mir in
den Kopf setze. Lass es uns langsam angehen

und sehen, wie es läuft." "Das ist alles, was ich will." Sie lächelt und gibt mir eine Umarmung.

Nach einer Sekunde des Nachdenkens umarme ich sie zurück. Es fühlt sich gut an, sie in meinen Armen zu haben, auch wenn es nur eine schnelle Umarmung ist. Wir setzen unseren Spaziergang fort und reden einfach über uns. Sie kommt aus Philadelphia und lebt hier seit ihrem vierzehnten Lebensjahr. Ihre Familie ist nicht reich, aber sie haben etwas Geld. Ich stamme aus einer kleinen Stadt hier im mittleren Westen, eine College-Abbrecherin, die eine Menge Drogen genommen hat und meinen Anteil an rechtlichen Problemen und kein Geld hatte, das ist ihr egal.

Sie ist so ein süßes, nettes Mädchen, nicht die Art von Mädchen, die ich normalerweise bekomme. Sie kleidet sich netter und ist etwas stilvoller als das, was ich gewohnt bin. Wir kommen aus einem ganz anderen Ort als ich, aber es macht mir Lust, sie besser kennen zu lernen. Es wird allmählich kälter, und wir müssen beide nach Hause gehen und Schluss machen. Ich begleite sie zu ihrem Auto, das sich in einer Garage ein paar Blocks von mir entfernt befindet. Wir kommen zu ihrem Auto, das schöner ist als meins und erst ein paar Jahre alt.

"Nun, ich hatte eine gute Zeit." Ich sage. "Ich auch. Du verstehst es nicht einmal." Mya sagt. "Ich schätze, das ist ein Abschied." Mya lehnt sich für eine Umarmung vor. Ich weiß nicht, was über mich kam, aber als sie sich näherte, küsste ich sie. Sie erwartete es nicht, und ich auch nicht. Ich zog mich schnell zurück und sah sie an. Mya schaute mich mit einem Lächeln und einem verführerischen Gesichtsausdruck an. Wir gingen beide hinein, bis sich unsere Lippen verschlossen, ein gutes Gefühl schoss auf meinen Körper. Ich teilte meine Lippen ein wenig und meine Zunge in ihrem Mund, bis sie ihre Zunge fand. Sie zog ihren Körper nahe an meinen, während wir einen sehr leidenschaftlichen Kuss teilten.

Als sich unsere Lippen trennten, war dieses gute Gefühl noch besser. Wir öffneten die Augen und sahen einander eine Sekunde lang in die Augen, bevor sie das Schweigen brach. "Tschüss. Ich gehe jetzt, ruf mich an." Ich stehe einfach nur da, als sie sich zurückzieht und ihre

Autotür öffnet. Sie steigt ein und schaut zu mir auf, ich stehe immer noch da und sehe sie lächelnd an. Sie beginnt, die Autotür zu schließen.

"Ich rufe dich an." Ich steige aus, kurz bevor sich die Tür schließt. Sie lächelt mich an, dann steigt sie aus und fährt weg. Ich sehe zu, wie ihr Auto wegfährt, bevor ich mich auf den Weg nach Hause mache. Ich bin für den Rest der Nacht gut gelaunt. Ich komme nach Hause, sehe ein bisschen fern und mache dann Schluss. Die Arbeit um fünf Uhr morgens geht ziemlich schnell.

Ich schlafe gut, bis mein Telefon klingelt. Ich lasse es einfach klingeln und gehe auf die

Mailbox. Ich fange an, wieder zu dosieren und mein Telefon klingelt wieder. Verdammter Mensch, denke ich mir, als ich es wieder auf die Mailbox gehen lasse und versuche, wieder einzuschlafen. Dann klingelt das Telefon wieder. Ich schaue besser nach, wen es anruft, vielleicht ist es wichtig, dreimal hintereinander mitten in der Nacht anzurufen. Ich nehme ab und schaue, es ist Mya. Ich gehe schnell ran.

"Hallo, hier ist Bo." "Hey, ich bin draußen, lass mich rein." Mya sagt schnell. "Warte, was ist hier los?" "Ich bin draußen. Komm runter und lass mich rein. Es ist kalt hier draußen." Dann legt sie den Hörer auf.

Ich ziehe mir ein Hemd und eine Hose an und gehe nach unten. Ich öffne die Tür und lasse Mya rein. Sie geht einfach an mir vorbei und geht in meine Wohnung, ohne ein Wort zu sagen. Als sie drinnen ist, zieht sie ihre Jacke aus, zieht ihre Schuhe aus und geht direkt in mein Zimmer. Ich folge ihr in mein Zimmer und trete hinter ihr ein. Sie zieht ihr Hemd aus, wirft es auf den Boden und dreht sich dann zu mir um. Sie steht dort in ihrem schwarzen BH und sieht besser aus, als ich es in Erinnerung habe. Sie legt ihre Arme auf meine Schultern. "Ich konnte nicht aufhören, an dich zu denken." sagt Mya.

Bevor ich antworten konnte, beugt sie sich vor und bringt ihre Lippen zu meinen. Unsere Zungen treffen sich und massieren sich in einem sehr leidenschaftlichen Kuss. Ihre Hände greifen nach unten und greifen mein Hemd, um es hochzuheben. Wir unterbrechen den Kuss gerade lange genug, um mein Hemd über meinen Kopf zu ziehen. Ich bewege eine meiner Hände nach unten zu ihrem Arsch und gebe ihm ein gutes Gefühl und einen großen Druck. Mit der anderen Hand gehe ich zum Verschluss ihres BHs und mache ihn schnell wieder los. Sie wackelt heraus und wirft ihn zur Seite. Sie geht ein paar Schritte zurück, bis wir mein Bett erreichen.

Mya steigt auf mein Bett und legt sich zurück und schaut mich sehnsüchtig in ihren Augen an. Ich greife nach unten und ziehe ihre Hose und ihr Höschen zusammen nach unten. Sie hebt ihren Hintern vom Bett und wackelt ein wenig mit den Hüften, um sie auszuziehen. Sobald sie an ihren Hüften vorbei sind, reiße ich sie ihr so schnell ich kann ab. Ich schaue nach unten und bewundere ihren sexy kleinen Körper, der daliegt, ihren weiblichen kleinen Schwanz und alles. In meinen Shorts ist eine offensichtliche Wölbung zu sehen, und sie bemerkt es. Sie reibt ihren Fuß ein paar Mal an meinem harten Schwanz und lässt ein kleines Glucksen los.

Ich kann nicht länger warten und ziehe meine Shorts und Boxershorts aus. Ich krieche auf sie drauf und fange an, sie zu küssen. Ich reibe meinen harten Schwanz an ihrem kleinen weichen Schwanz. Sie stöhnt ein wenig unter unseren Küssen.

"Leg dich auf deinen Rücken, Baby." Mya lass uns zwischen den Küssen raus. Ich sage kein Wort und rolle unsere Körper so, dass ich unter ihr liege. Sie fängt an, meinen Nacken zu küssen, und ich fühle, wie ihre Hände meinen Schwanz packen. Sie fängt langsam an, meinen harten Schwanz zu streicheln, während ihre Küsse langsam zu meiner Brust und zu meinem Bauch gelangen. Ich bin irgendwie kitzlig und winde mich ein wenig, was ihr anscheinend Spaß macht.

Nicht mehr lange und ihr Kopf schwebt über meinem Schwanz, während ihre Hände mich langsam weiter streicheln. Sie legt ihren Kopf nach unten, bis ich ihren Atem auf meinem jetzt pochenden Schwanz spüre. Sie leckt langsam meinen Schaft nach unten und dann nach oben, bevor sie ihre Lippen auf den Kopf meines Schwanzes legt. Ich stöhnte ein wenig, als sich ihre Lippen teilten und sich eng um den Kopf wickelten. Eine Hand streicht noch immer langsam über meinen Schaft, während ihre Zunge meinen Schwanz massiert.

Sie neckt mich eine Zeit lang, während ich gegen den Drang kämpfe, ihre Hand zu beschleunigen oder ihren Kopf nach unten zu drücken. Dann geht ihr Mund weiter in meinen Schwanz hinein, bis er etwa zur Hälfte in ihrem Mund steckt. Sie kommt wieder hoch und fängt dann sehr langsam an, auf und ab zu wippen, während meine Hand eine Handvoll ihrer Haare ergreift. Ihr Körper arbeitet sich langsam herum, bis ihr Arsch an meinem Kopf anliegt. Meine freie Hand massiert ihren Arsch und ihr Bein geht über meinen Kopf.

Mit ihrem süßen kleinen Schwanz in meinem Gesicht nimmt ihr Blastempo mit ihrer Hand im Rhythmus ihres Mundes ein wenig zu. Ich lecke meinen Finger und lege ihn auf ihr kleines Arschloch. Ihre Hüften winden sich ein wenig, während ich ihr enges Loch reibe. Langsam arbeite ich meinen Finger in ihren Arsch und halte auf halber Strecke an, damit sich ihr Arsch an meinen Finger anpassen kann... Mein Finger massiert die Innenseite ihres Arsches, bis ich ihn ganz hineinbekomme. Der Blowjob wird immer intensiver, während sie dabei kleine Wimmern herauslässt.

Ihre Hüften fangen an zu schaukeln und mit ihrem weiblichen Schwanz vor meinem Gesicht zu winken. Ich weiß nicht, was über mich gekommen ist. "Oh Gott, Baby!" schreit Mya, als ich ihren Schwanz in meinen Mund nehme.

Ich fange nicht langsam an oder so. Ich nehme einfach ihren ganzen Schwanz in meinen Mund. Ich massiere weiter in ihrem Arsch und rette ihren winzigen Schwanz in meinem Mund. Sie hat ihren Kopf nach hinten gelehnt und stöhnt, ihr Körper ist fast betäubt von meinem Auftritt. Meine Zunge bearbeitet ihren Schwanz und ich lutsche intensiv daran. Das macht mich mehr an, als ich mir je hätte vorstellen können, und mein Schwanz pulsiert jetzt in ihrer Hand. Mein Finger fängt an, ihren

Arsch fest zu knallen und zieht dabei ihren Schwanz in mein Gesicht.

Sie fängt wieder an, meinen Schwanz zu lutschen, aber diesmal sehr schnell. Ihre Hüften fangen an zu wackeln, genau wie meine. Ich bin kurz davor, zu kommen, und sie scheint auch fast da zu sein. Ich versuche, sie zurückzuhalten, um sie zuerst zum Orgasmus zu bringen. Meine Eier verkrampfen sich und kribbeln. Dann höre ich einen Alarm. Ich versuche, ihn zu ignorieren, aber er wird immer lauter. Mya scheint ihn gar nicht zu hören, wahrscheinlich, um im Moment eingewickelt zu sein. Ich versuche, es zu ignorieren, aber es ist unmöglich, es zu ignorieren. Ich blinzle mit den Augen und dann plötzlich.

Ich liege allein in meinem Zimmer. Was zum Teufel geht hier vor? Der Alarm meines Telefons geht los. Verdammt, es war ein Traum, aber es schien so real. Mein Schwanz pulsiert noch immer und ist noch feucht von der Vorzeit. Ich schnappe mir ein paar Taschentücher und meinen Schwanz, während ich den Traum in meinem Kopf fortsetze. Ihr Kopf wippt auf meinem Schwanz, schnell auf und ab und versucht, mich schnell zum Abspritzen zu bringen. Es dauert nicht mehr lange, und es gelingt ihr, sich zu bemühen, indem sie Sperma in ihren Mund spritzt. Sie arbeitet hart daran, das ganze Sperma abzulassen und mir einen intensiven Orgasmus zu verschaffen.

Ich lag da und dachte darüber nach, was gerade passiert war oder was in meinem Kopf passiert war. Es schien so echt zu sein, dass es mir schwer fällt zu glauben, dass es das nicht war. Nach ein paar Minuten, um mich zu sammeln, stehe ich auf, um mich für die Arbeit vorzubereiten. Das versetzt mich in eine gute Stimmung, die den Tag überdauert. Im Laufe des Tages denke ich immer mehr an sie. Ich weiß, dass ich erst zweimal in ihrer Nähe war, aber ich glaube, ich fange an, dieses Mädchen zu mögen und kann es kaum erwarten, sie wieder zu sehen.

Das Ende... bis zum nächsten Mal.

Zeitfracht Medien GmbH
Ferdinand-Jühlke-Straße 7
99095 Erfurt, Deutschland
produktsicherheit@kolibri360.de